Rédaction : Agnès **Vandewiele**, Michèle **Lancina**
Direction éditoriale : Isabelle **Jeuge-Maynart**
Edition : Brigitte **Bouhet**
Direction artistique, conception graphique et réalisation :
F. **Houssin** & C. **Ramadier** pour **Double**, Paris.
Direction de la publication : Carine **Girac-Marinier**
Fabrication : Nicolas **Perrier**

MES PETITES ENCYCLOPÉDIES LAROUSSE

L'univers

Illustré par **Anaïs Massini**

LAROUSSE

Le **jour** et la **nuit**

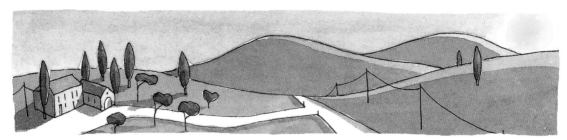

Le matin, on voit le soleil se lever toujours du même côté (à l'est).

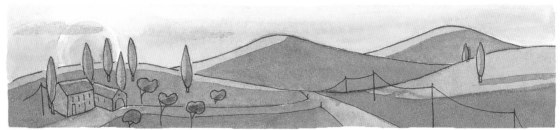

Il monte dans le ciel puis descend et se couche de l'autre côté (à l'ouest).

Quand le soleil se couche le soir, il fait nuit. Les étoiles apparaissent.

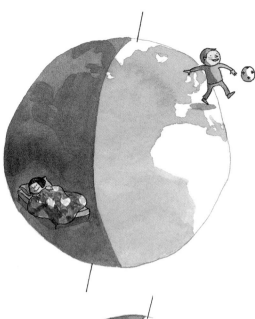

On dit que le soleil se lève, qu'il se couche, mais, en réalité, ce n'est pas le Soleil qui tourne : c'est la Terre qui tourne devant le Soleil!

Pour faire un tour complet sur elle-même, la Terre met un **jour** et une **nuit**.

Fais tourner une orange devant une lampe. Tu verras qu'un côté de l'orange est d'abord **éclairé**, puis passe dans **l'ombre**.

Un an de voyage

La Terre ne tourne pas seulement sur elle-même, elle tourne aussi autour du Soleil. Pour faire son tour du Soleil, elle met **12 mois**.

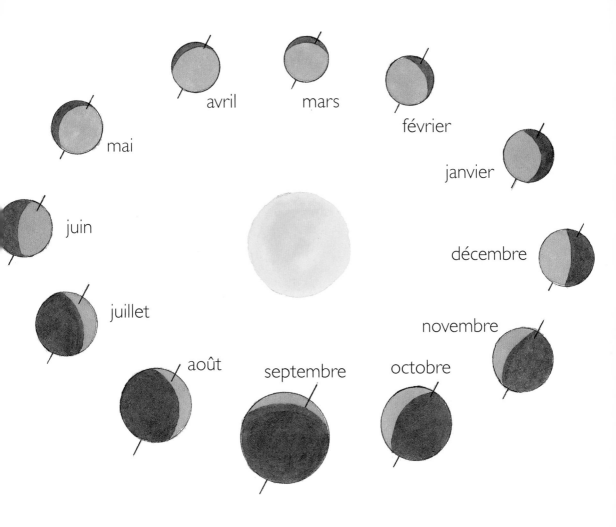

avril

mars

février

mai

janvier

juin

décembre

juillet

novembre

août

septembre

octobre

La Terre fait **chaque année** le même voyage
autour du Soleil.
Mais sur la Terre, on ne s'en aperçoit pas.
On voit seulement les **saisons** changer.

Les **saisons** de la **Terre**

Au cours d'une année, la Terre n'a pas toujours le même climat.
Dans nos régions, il y a **4 saisons**.

Il fait d'abord froid en **hiver**…

… puis beau au **printemps**…

La Terre tourne comme une toupie un peu **penchée**.

Pendant qu'elle fait son tour du Soleil, la Terre n'est pas toujours réchauffée par le Soleil de la même façon, ni aussi longtemps, c'est pour cela qu'il y a des **saisons**.

… puis chaud en **été**…

…et frais en **automne**.

Le **Soleil** chauffe la Terre

C'est la lumière du soleil qui fait pousser les **plantes**, les **arbres**, les **fleurs**. Beaucoup d'animaux mangent des plantes et nous, les hommes, nous mangeons les plantes et les animaux !

Le Soleil est beaucoup **plus gros** que la Terre. Il est si gros qu'il pourrait contenir la Terre **un million de fois**!

Sans le Soleil, la Terre serait une **boule froide**, **déserte**, **inhabitée**, tournant dans la nuit.

Le Soleil est une **énorme boule de gaz** qui brûle en permanence, comme les **étoiles**.

La **Terre**, notre **planète**

Vue de l'espace, la Terre ressemble à une grosse boule bleue,
car sur la Terre, il y a beaucoup de mers.
On appelle la Terre la planète bleue.

La Terre est **grande** mais pas trop : un avion met moins de deux jours pour en faire le tour.

La Terre est la **seule planète habitée**.

Sur la Terre, il y a plus de **mers** et d'**océans** que de terres habitées.

Tous les habitants de la Terre restent debout, les **pieds sur le sol**…

… car une force **tire** tout vers le sol.

La Lune

Quand le soir tombe,
on voit souvent
la **Lune** apparaître
dans le ciel.

La lune est
4 fois
plus petite
que la Terre.

La Lune **tourne** autour
de la Terre.
Et toutes les deux, elles
tournent autour du Soleil.
En une année,
la Lune fait **12 fois**
le tour de la Terre.

La Lune n'apparaît pas toujours au même **endroit** dans le ciel.

Elle n'a pas toujours la même forme.

Parfois la lune est toute ronde, c'est la **pleine lune**.

Parfois, elle n'est qu'un **croissant**.

Parfois on ne la voit plus.

La Lune est **éclairée par le Soleil**. Sans le Soleil, elle ne brillerait pas, on ne la verrait pas.

17

Sur la Lune

La Lune n'est **pas très loin** de la Terre.
Des hommes sont allés sur la Lune dans un **vaisseau spatial**.
Il leur a fallu seulement 4 jours pour faire ce voyage.

Les astronautes portent un vêtement spécial, un **scaphandre**
pour pouvoir respirer et marcher sur la Lune.

Le sol de la Lune est couvert de poussières et de cailloux.
Il y a d'immenses cratères et des montagnes.
Au loin, on voit la Terre.

Les éclipses

Pendant qu'elle tourne,
il arrive que la Lune passe juste
entre la Terre et le Soleil.

Alors, sur la Terre,
le Soleil disparaît peu
à peu, caché par la Lune.

Le Soleil

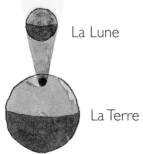

La Lune

La Terre

C'est une **éclipse** de Soleil.

Puis le Soleil **réapparaît**
petit à petit.

9 planètes autour du Soleil

 Terre

Mercure

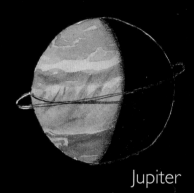

Jupiter

Vénus

Mars

22

Comme la Terre, les planètes tournent **sur elles-mêmes**
et **autour du Soleil**.

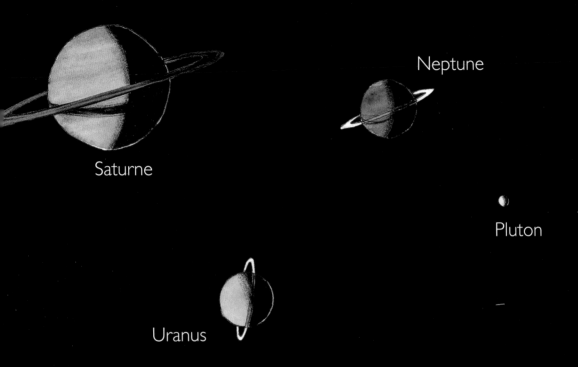

Neptune

Saturne

Pluton

Uranus

Le Soleil et ses 9 planètes forment ensemble une grande famille
que l'on appelle le **système solaire**.

Des **planètes** très **différentes**

Mercure est la plus près du Soleil.
Elle est toute grise, brûlée par
le Soleil. Elle tourne très vite :
elle met 88 jours
pour faire le tour du Soleil.

Vénus est couverte
de volcans géants.
C'est la plus **chaude** des planètes.

La **Terre** est est la seule planète
où il y a de l'**eau**.

Mars, la planète **rouge**, est celle
qui ressemble le plus à la Terre,
mais il y fait beaucoup plus froid.

Jupiter est la plus
grosse planète.

Saturne a de
beaux **anneaux**.

Uranus est couverte
de **gaz**.

Neptune est toute bleue car
elle aussi est faite de **gaz**.

Pluton est la plus petite,
la plus froide et la plus
loin du Soleil et de la Terre.

25

Les cailloux de l'espace

Dans le **système solaire**, il y a aussi des astéroïdes, des comètes et beaucoup de poussières !

Dans le ciel, on voit parfois une **comète**, avec sa longue queue de lumière. Les comètes sont des boules de poussière et de glace qui tournent autour du Soleil.

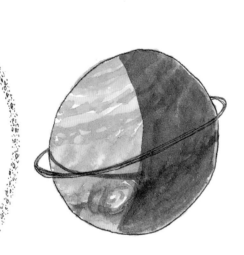

Les **astéroïdes** sont les rochers de l'espace. Les astéroïdes tournent tous ensemble autour du Soleil, entre Mars et Jupiter.

Parfois, des cailloux de l'espace
tombent sur la Terre.
Ce sont des **météorites**.

On pense que c'est
une **météorite géante**
qui a causé
la fin des dinosaures.

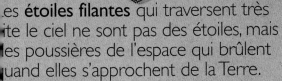

es **étoiles filantes** qui traversent très
ite le ciel ne sont pas des étoiles, mais
les poussières de l'espace qui brûlent
uand elles s'approchent de la Terre.

Des **milliards** d'étoiles

Autour de la Terre, on peut voir
des milliers d'étoiles.
Mais, dans l'Univers, il y a
des **milliards d'étoiles**.

Les étoiles nous paraissent toutes
petites parce qu'elles sont
beaucoup plus loin de la Terre que
le Soleil. Mais elles sont aussi
grosses que lui et, comme le Soleil,
ce sont d'énormes **boules de feu**.
C'est pour cela qu'elles **brillent**.

Les étoiles forment des dessins
dans le ciel : ce sont
les **constellations**.
Les plus célèbres sont
la **Grande Ourse** et
la **Petite Ourse**.

Des milliards de galaxies

Les nuits d'été, on voit dans le ciel une grande traînée blanche. C'est la **Voie lactée**.

La Terre

La Voie lactée est un gigantesque **ensemble d'étoiles** serrées les unes contre les autres. C'est une **galaxie** : notre Galaxie. C'est parmi ces milliards d'étoiles que se trouvent le Soleil et la Terre.

Il existe des milliards de **galaxies** ! Les savants ne peuvent pas les compter.
Mais ils savent qu'il y a des galaxies **de toutes les formes**, que souvent elles se regroupent et que parfois elles se cognent entre elles…

Observer l'univers

À l'œil nu, on peut voir quelques centaines d'étoiles et 5 planètes:
Vénus, Mercure, Mars, Jupiter et Saturne.

La première lumière qui apparaît le soir dans le ciel est
la planète **Vénus**, on l'appelle **l'étoile du berger**.

Avec une **lunette**,
on voit que
les étoiles sont
rouges, bleues,
jaunes ou blanches.

Les observatoires sont
souvent installés sur
des **montagnes**, là où l'air est pur.

Voyages dans l'univers

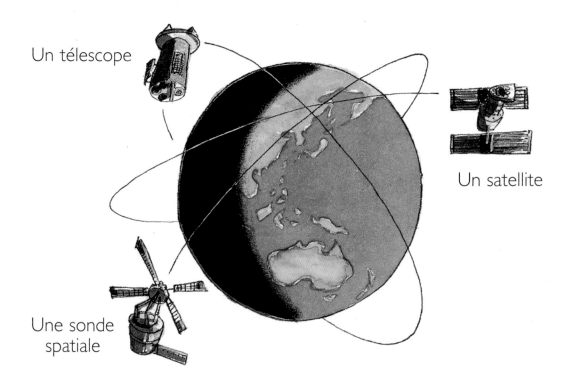

Un télescope

Un satellite

Une sonde
spatiale

L'Univers est immense. Pour l'explorer, les astronomes envoient dans l'espace des **télescopes** géants, des **satellites** d'observation qui tournent autour de la Terre, des **sondes** spatiales qui vont **visiter** les planètes voisines.

Les astronomes ont envoyé ce petit robot pour étudier la **planète Mars**.

Records

La première **étoile**

La **Terre** est 4 fois
plus grosse que la Lune.

L'étoile du berger
n'est pas une étoile,
mais la planète **Vénus**.

Éclipse de Soleil

Une éclipse de Soleil dure
au maximum **8 minutes**.

Le premier **voyage** dans l'espace

Le premier être vivant qui fit un voyage dans l'espace a été une **petite chienne** russe, Laïka. C'était en novembre 1957.

Le premier **homme** dans l'espace

Le Soviétique **Youri Gagarine** est le premier homme de l'espace. Le 12 avril 1961, dans son satellite Vostok 1, il a tourné autour de la Terre pendant 108 minutes.

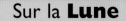

Sur la **Lune**

Le 21 juillet 1969, un homme marchait sur la Lune pour la première fois : il s'agissait de l'Américain **Neil Armstrong**.